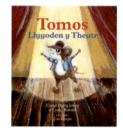
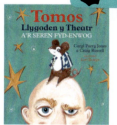

Helô, Ffrindiau!

Mae Tomos Llygoden y Theatr yn ei ôl
ac unwaith eto mae o a'i ffrindiau
ynghanol antur arall.

Mwynhewch y stori ddiweddara
gan ein ffrind bach annwyl
a'r ymwelydd blewog, blin!

Diolch a chofion,

Caryl a Craig

"Y staff a'r llygod i gyd i'r swyddfa, os gwelwch yn dda," meddai llais Mr Meilir, rheolwr y theatr, dros yr uchelseinydd.

"Cyfarfod brys."

Tomos
Llygoden y Theatr
a Chrechwen y Gath

Caryl Parry Jones
a Craig Russell

LLUNIAU

I Teddy a Henry

Argraffiad cyntaf: ⓗ Gwasg Carreg Gwalch 2020
ⓗ testun: Caryl Parry Jones/Craig Russell 2020
ⓗ darluniau: Leri Tecwyn 2020

Rhif Llyfr Safonol Rhyngwladol:
978-1-84527-735-2

CYNGOR LLYFRAU CYMRU

Cyhoeddwyd gyda chymorth Cyngor Llyfrau Cymru.

Cyhoeddwyd gan Wasg Carreg Gwalch,
12 Iard yr Orsaf, Llanrwst, Dyffryn Conwy, Cymru LL26 0EH.
Ffôn: 01492 642031
e-bost: llyfrau@carreg-gwalch.cymru
lle ar y we: www.carreg-gwalch.cymru

Argraffwyd a chyhoeddwyd yng Nghymru

"O diar," meddai Tomos wrth
Moli Fach Lwyd a Tedi Boi.
"Mae hyn yn swnio'n bwysig.
Dowch, hogia."

"Mae'r gantores fyd-enwog
Madam Lilian Blobflawr
yn cyrraedd am dri o'r gloch,"
cyhoeddodd Mr Meilir yn ei swyddfa grand
(ond blêr iawn).

Aeth ton o gyffro drwy'r ystafell.
Roedd hi'n dipyn o beth bod cantores mor enwog
wedi cytuno i ddod i'r theatr,
achos roedd ei dyddiadur hi'n llawn dop
am y deng mlynedd nesaf, meddan nhw.

"Rŵan, gair o rybudd.
Mae Madam Blobfawr yn gallu bod yn ...
anodd."

"Fi 'di clywed 'na," sibrydodd Tedi Boi wrth Tomos. "Fi 'di clywed bod hi'n mynnu ca'l ugen potel o bop coch i'w dodi yn y bath iddi ga'l gwynto fel mefus."

"Mae hi … ym … wel … yn berffeithydd," meddai Mr Meilir.

"Llawn ffwdan ma' hynna'n meddwl," sibrydodd Tedi eto.

"Yn sensitif …"

"Colli'i limpin bob munud …" meddai Moli'n dawel.

"Felly," meddai Mr Meilir, "dim briwsion, dim gwichian, dim rhedeg ar hyd y lle. Mae angen llonydd ar Madam Blobfawr i wneud ei ioga, ei hymarferion llais, ei cholur, ei gwallt …

... a CHOFIWCH gadw un gornel
o'r ystafell wisgo'n glir achos
dyna lle fydd hi'n gosod y glustog felfed anferth
ar gyfer ei chaaaa ..."

"EI BETH?!"
gwichiodd y llygod mewn un corws.

"Ym … dim byd …
ei chaaarped … na, ei chaaacen …
ym na … ei chaaaactws … o diar."
Cochodd Mr Meilir.

"Mae ganddi GATH?" sgrechiodd Tomos.

Roedd Mr Meilir yn teimlo'n wael ond gan ei fod o wedi gadael y gath allan o'r cwd – yn llythrennol – teimlai y dylai fod yn hollol onest efo'r llygod. Stwnsiodd ei lygaid ac ochneidiodd yn drwm.

"Oes, mae gan Lilian Blobfawr gath, un fawr, a honno wedi'i sbwylio'n rhacs. Felly dwi'n awgrymu'ch bod chi'n cadw o'r ffordd tra maen nhw yma. Rhag ofn, ynde ..."

"Peidiwch chi â becso, Mr Meilir," gwichiodd Tedi Boi. "Wi'n mynd i aros lan yn y goleuade uwchben y llwyfan nes bod yr anghenfil 'na 'di mynd."

"Ylwch," meddai Tomos wrth i'r llygod dacluso'r ystafell wisgo yn nerfus. "Neb i boeni, iawn? NI sy'n byw yma a does 'na NEB yn mynd i'n dychryn ni o 'ma, ocê? Os nawn ni gadw'n pennau'n isel mi fydd bob dim yn iawn."

17

Roedd Tomos yn
siarad â'i gefn at
y drws. Dechreuodd
y drws agor yn araf
a'r cyfan welodd
Moli a Tedi oedd
dau lygad melyn
yn sleifio i mewn
i'r ystafell a sŵn
chwyrnu isel.

Sylwodd Tomos fod ei ffrindiau wedi rhewi
yn y fan a'r lle a bod eu blew wedi codi
ar eu cefnau.

"Mae hi y tu ôl i mi, dydi?" meddai Tomos
yn dawel ... cyn sgrialu efo'r lleill.

Roedd Crechwen yn gath fawr wen flewog.
Gwisgai gôt binc sidan
a choler oedd yn rhes o ddiemwntau.
Roedd honno'n sownd i dennyn
lledr meddal gyda'r enw
'CRECHWEN'
wedi'i bwytho arno mewn edau aur.

20

Ac yn sownd i'r tennyn, doedd neb llai
na Madam Lilian Blobfawr ei hun.
Safodd ynghanol yr ystafell yn dlysau
ac yn dwincls o'i chorun i'w sawdl.
Tasa 'na dylwyth teg ar ei phen, mi fasa
hi'r un ffunud â choeden Nadolig.

Agorodd ei cheg a tharo nodyn mor uchel roedd y llygod bach yn crynu yn y craciau lle'r oedden nhw'n cuddio.

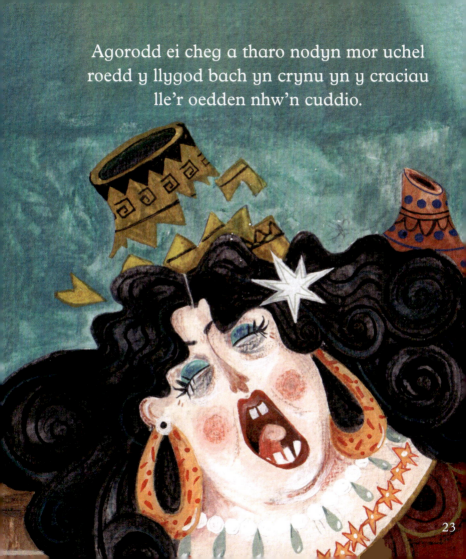

"Nefi blŵ!" meddai Moli.
"Mae fy nannedd i'n rhydd ar ôl
y ddaeargryn yna!"

"Hmmm," meddai Madam Blobfawr
wrth Grechwen. "Gobeithio bod y sain yn well
yn y theatr nag yw e yn y twll yma!"
Roedd hi'n dweud y gair 'theatr' yn rhyfedd –
mwy fel 'theataaaaa'.
Roedd hon yn ddynes grand.

Parhaodd yr ymarferiadau llais,
a chlywodd y llygod nodau uchel,
nodau isel a synau od iawn fel
"IAAAAAOOOOOEEEUUUUWWW" a
"Bidididididididwdwdwdwdwdwbadadadada".

Roedd eu pawennau dros eu clustiau
rhag i'r udo eu byddaru, ac i wneud
pethau'n waeth, ymunodd Crechwen yn y canu.
Tasa Tomos ddim yn gwybod yn well,
mi fydda fo'n taeru bod y ddwy
mewn poen difrifol!

Ar ôl deg munud, peidiodd y sŵn
a gollyngodd y llygod ochneidiau o ryddhad.

"Diolch byth!" meddai Tomos.
"O'n i'n siŵr bod 'y nghlustia druan
yn troi tu chwith allan!"

Yna dechreuodd Tedi dagu a'r eiliad nesa
roedd Moli yn ymladd am ei gwynt,
ac wedyn dechreuodd Tomos bwffian a phesychu.
Na, nid tân na nwy peryglus oedd yn gyfrifol
ond persawr arbennig Madam Blobfawr.
Roedd hi'n chwistrellu galwyni o'r stwff
y tu ôl i'w chlustiau, o dan ei cheseiliau
a thu ôl i'w phengliniau nes bod
Ystafell Wisgo Rhif 1 yn gwmwl drewllyd
oedd yn hogla fel stwff lladd pryfed.

Wrth i'r awyr glirio, daeth cwmwl arall o rywle.
Y tro 'ma roedd Lilian yn chwifio powdwr babi
dros ei chorff swmpus hefo pom pom gwyn blewog,
ac wrth i'r powdwr mân ddianc i fyny trwynau'r
llygod bach mi ddechreuon nhw disian a thisian
nes bod y tri'n un swp ar bennau'i gilydd ar lawr.

"Be sy haru'r ddynas 'ma?"
meddai Tomos gan dagu.
"Be neith hi nesa?!"

"Dim byd, gobeithio," atebodd Moli.
"Dwi isio mynd o 'ma'n fyw!"

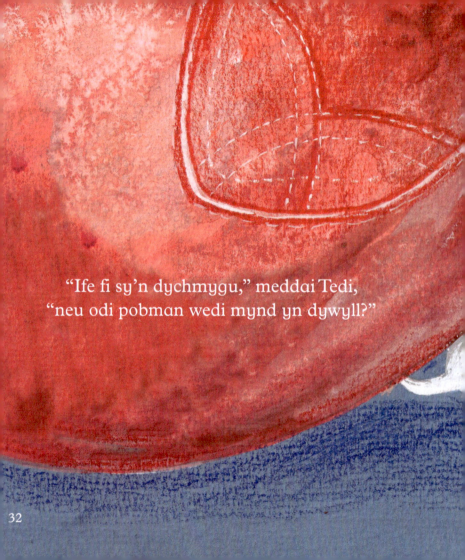

"Ife fi sy'n dychmygu," meddai Tedi,
"neu odi pobman wedi mynd yn dywyll?"

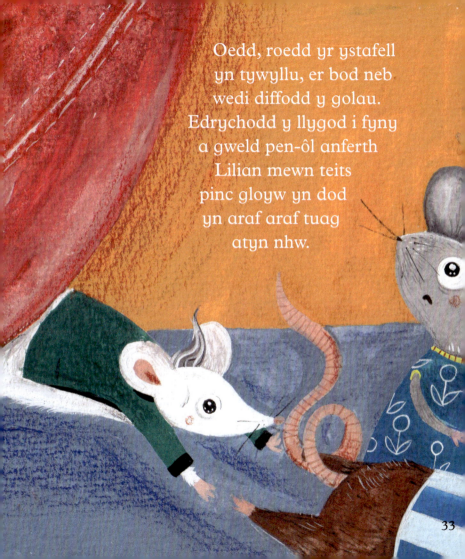

Oedd, roedd yr ystafell
yn tywyllu, er bod neb
wedi diffodd y golau.
Edrychodd y llygod i fyny
a gweld pen-ôl anferth
Lilian mewn teits
pinc gloyw yn dod
yn araf araf tuag
atyn nhw.

"Symudwch!" gwaeddodd Tomos.
"Os 'di honna'n glanio ar ein pennau ni
mi fyddwn ni'n edrych fatha crempogau."

Sgrialodd Tomos, Moli a Tedi eiliad cyn
i Lilian Blobfawr lanio ar y llawr i wneud
ei hymarferiadau ioga.

"Ommmmmm," llafarganodd Lilian hefo'i
choesau wedi'u croesi a'i llygaid ar gau.

"Be ar y ddaear ma' hi'n neud nawr, gwedwch?"
gofynnodd Tedi Boi.

"Ioga," atebodd Moli. "Mae o'n ffordd o ymlacio."

Ac ymlacio wnaeth Lilian.
Mi ymlaciodd cymaint nes iddi ollwng
homar o rech oedd yn swnio
fel dril y dynion cownsil!

Llewygodd y llygod.

Yna gadawodd Lilian yr ystafell
mewn gŵn amryliw oedd yn gwneud
iddi edrych fel treiffl.

"Ma'r fenyw 'na'n ddansierus, bois,"
meddai Tedi wrth iddo fo, Tomos
a Moli ddod atyn nhw'u hunain.
"Diolch byth bod hi 'di mynd.
Gewn ni lonydd nawr."

Ond daeth sŵn hisian o nunlle.
Ac yna sŵn chwyrnu a phoeri.
Trodd y llygod yn ara' deg … ac yn syllu arnyn
nhw gyda'i llygaid slei roedd Crechwen.

"Siarades i'n rhy glou, on'dofe?" meddai Tedi.
Gafaelodd y llygod yn ei gilydd yn dynn.

"Be chi'n neeeeud?!" holodd Crechwen yn slei.

"O ... ym ... 'dan ni'n ... yyyy ...
mae'n ddrwg gynnon ni am ... wel, y peth ydi ..."
Roedd Tomos yn chwysu chwartiau mewn ofn.

"Be sy'n bod 'da ti?"
meddai Crechwen mewn llais babi cas.
"Ffili siarad o fla'n creaduriaid
PWYSSSSIIIIIG?"
Poerodd yr 'sssss' a glaniodd swigen
soeglyd ar drwyn Tomos.

"O 'ma reit handi, hogs!" meddai Moli,
ond wrth iddyn nhw ddechrau rhedeg,
daliodd Crechwen gynffonnau Moli
a Tedi Boi â'i chrafangau miniog.
Cododd y ddau o flaen ei cheg
a'u hongian ben i waered.

"Se chi ddim mor droëdig,
bydden i'n eich bwyta chi.
Hmm ... falle nelech chi snacen fach.
Na, sa i'n meddwl.
Sa i'n gwbod le chi 'di bod."

Ar hynny, ffrwydrodd Tomos
a cholli ei dymer yn llwyr!

"Oi!" gwichiodd yn uchel.
"Ges i gawod bora 'ma a nes i frwsio 'nannedd
ac mae 'mhawenna i'n sgleinio.
Paid ti â meiddio'n galw ni'n droëdig!
Dduda i wrthot ti be sy'n droëdig ...
hen fwli fatha ti!"

"Sa i'n fwli. Wi jest yn onest.
Whare teg, chi MOR sssssalw!"
hisiodd Crechwen gan ysgwyd Moli a Tedi.
"Smo chi'n wlanog ac yn lân ac yn bert fel fi."

"Gwranda di'r hen lwmpen,"
mentrodd Tomos.
"Jest achos ein bod ni'n edrych yn wahanol i ti,
'di hynna ddim yn ein gwneud ni'n droëdig.
Mae gin ti a ni bawennau a blew ac esgyrn,
a thu mewn 'dan ni gyd 'run fath.
Sbia, 'dan ni lygod i gyd yn wahanol, hyd yn oed.
Dwi'n frown, mae Moli yn llwyd
ac mae Tedi Boi yn wyn,
ac er bo' chdi'n ddiemwntau i gyd,
ti'm tamaid gwell na ni."

Roedd Crechwen erbyn hyn
yn chwerthin wrth iddi luchio Tedi
i'r awyr â'i phawen am hwyl.

"A pheth arall," meddai Tomos,
"mae agwedd hyll fel 'na yn dy neud di'n hyll!"

Gollyngodd Crechwen Tedi a Moli
yn glep i'r llawr.
Doedd NEB wedi siarad â hi fel hyn o'r blaen.

50

"... ac os nei di ddal ati i ymddwyn fel hyn ..."

"Ie?" meddai Crechwen dan ei gwên denau.

"Mi ... mi ..."

"Dwi'n aroooossss ..."

Roedd Moli Fach Lwyd a Tedi Boi wedi rhewi
mewn braw. Roedd ofn arnyn nhw y byddai
Crechwen yn eu bwyta nhw
er mwyn dysgu gwers i Tomos.

"Mi alwa i ar Mr Noel y Gofalwr a Grav y ci ..."

"O! Dwi'n crynu,"
meddai Crechwen yn goeglyd,
gan ryw hanner chwerthin.

Ac fel petai o wedi clywed
bygythiad Tomos, agorodd y drws
a phwy ddaeth i'r ystafell ond Mr Noel,
gofalwr y theatr, a chlamp o gi
mawr browngoch wrth ei ochr.
Grav y ci oedd un o ffrindiau
gorau Tomos.

Sgrechiodd Crechwen
gan bontio'i chefn,
a'i blew ar bigau.
"Os oes gas 'da fi
rywbeth yn fwy
na llygoden,
ci yw hwnnw."

"'Na drueni," meddai Grav yn garedig.
"Wi 'di bod yn dishgwl mlân i gwrdd â ti.
Ma' sôn mawr am dy gôt wlanog wen
a dy goler ddiemwnte, ac ma'n rhaid gweud,
Crechwen, ti wir yn edrych yn tip top."

Gwelodd Tomos Crechwen yn meddalu
o flaen ei lygaid.

"Wel croeso i'r theatr, ta beth,"
aeth Grav yn ei flaen.
"Mae'n neis iawn dy ga'l di 'ma gyda ni.
Ry'n ni'n griw bach hapus iawn 'ma, on'd y'n ni?"

Nodiodd y llygod yn dawel a nerfus.

"Ma' fe mor bwysig bod pawb yn ffrindie,
on'd yw e? Pawb yn cyd-fyw a chyd-dynnu'n
hapus. Ac on'd yw e'n od shwt y'n ni gyd
yn edrych mor wahanol, ond yn y bôn
ry'n ni i gyd yn gwmws yr un peth."

Meddalodd Crechwen ac aeth y llygaid melyn,
cul yn llydan ac ychydig yn ddagreuol.
Trodd at y llygod gan ddweud,
"Ma' fe'n iawn, on'd yw e?
Wi mor sori am fod yn gas wrthoch chi.
Sdim isie, o's e? A bod yn hollol onest ...
chi'n itha ciwt."

"Crechwen y Gath i'r llwyfan,
os gwelwch yn dda,"
meddai'r llais drwy uchelseinydd yr ystafell wisgo.
Roedd Madam Lilian Blobfawr yn gwahodd
Crechwen i'r llwyfan i ganu gyda hi
ar gyfer uchafbwynt y noson
pan fyddai'r ddwy yn canu deuawd.

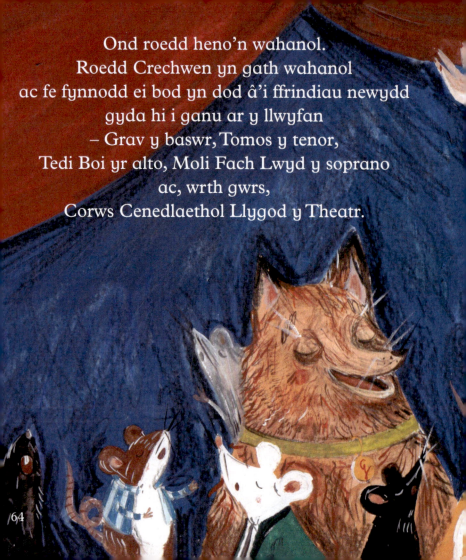

Ond roedd heno'n wahanol.
Roedd Crechwen yn gath wahanol
ac fe fynnodd ei bod yn dod â'i ffrindiau newydd
gyda hi i ganu ar y llwyfan
– Grav y baswr, Tomos y tenor,
Tedi Boi yr alto, Moli Fach Lwyd y soprano
ac, wrth gwrs,
Corws Cenedlaethol Llygod y Theatr.

Fe fynnodd Crechwen hefyd fod Lilian
yn gwerthu ei choler ddiemwntau, ei chôt sidan
a'i chlustog felfed a defnyddio'r pres
i helpu cathod bach amddifad.

Mi roedd hi wedi dysgu
gwers bwysig heddiw
– i barchu pawb, waeth pa mor
wahanol ydyn nhw iddi hi,
ac yn bwysicach na dim,
i fod yn garedig wrth bawb.

Newidiodd ei henw hefyd,
o Crechwen i Heulwen.

Neisach, yn tydi?

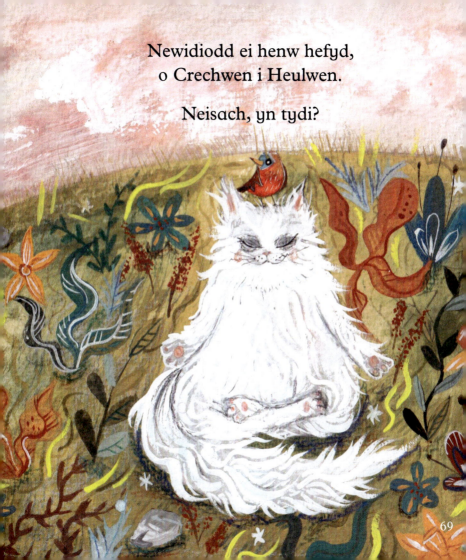

Y Gyfres

Cadwch lygad yn agored am deitlau eraill
yng nghyfres Tomos y Llygoden pan fydd
ein ffrind bach annwyl yn cyfarfod
llawer mwy o gymeriadau lliwgar!